Livro 3

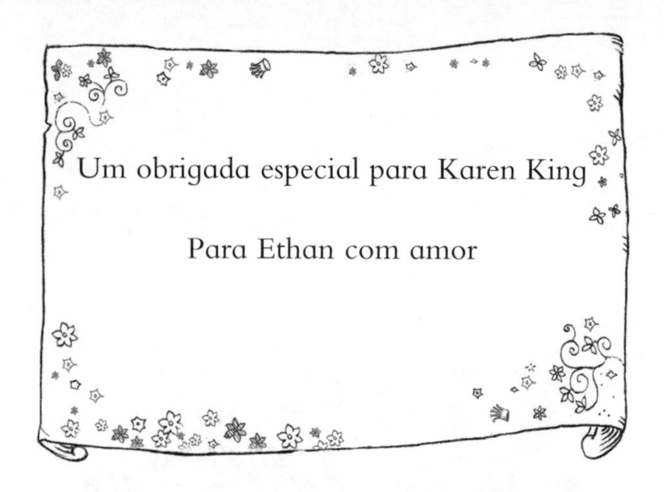


**CIP-BRASIL. CATALOGAÇÃO NA PUBLICAÇÃO**
**SINDICATO NACIONAL DOS EDITORES DE LIVROS, RJ**

B17i

Banks, Rosie

A ilha das nuvens / Rosie Banks ; ilustrações Orchard Books ; tradução Monique D'Orazio. - 1. ed. - Barueri : Ciranda Cultural, 2016. 128 p. : il. ; 20 cm. (O reino secreto)

Tradução de: Cloud island

ISBN 9788538054870

1. Ficção infantojuvenil inglesa. I. Books, Orchard. II. D'Orazio, Monique. III. Título. IV. Série.

16-31211

CDD: 028.5

CDU: 087.5


Tradução: Monique D'Orazio
Preparação: Sandra Schamas

1ª Edição
www.cirandacultural.com.br

# A Ilha das Nuvens

ROSIE BANKS

Ciranda Cultural

# Sumário

# Uma mensagem do Reino Secreto

– Queria que a gente não tivesse tanta lição de casa para fazer – suspirou Ellie Macdonald, enquanto caminhava para casa com as amigas, depois da aula. – Tenho que escrever uma história para a aula de Inglês e não sei nem por onde começar!

– Vamos fazer a lição juntas, na minha casa – sugeriu Jasmine. – A gente pode colocar música e uma pode ajudar a outra.

– Ótima ideia – concordou Summer, caminhando de braços dados com Jasmine e Ellie. – Até a lição de casa pode ser divertida quando a gente faz com as amigas.

– Bom, eu não diria que chega a ser divertida – sorriu Ellie, com os olhos verdes reluzindo. – Mas é melhor do que fazer sozinha.

Com risinhos, elas andaram até a casa de Jasmine e se reuniram na cozinha.

Um grande pacote de biscoitos de chocolate e um bilhete estavam em cima da mesa. Jasmine pegou o bilhete e leu em voz alta:

– *"Oi, Jasmine, tenho certeza de que você veio para casa com Ellie e Summer, então divida esses biscoitos com elas! Também tem limonada na geladeira. Vejo vocês às cinco. Mãe."*

– Sua mãe é tão legal! – Summer comentou.

Jasmine sorriu.

– Por que será que ela achou que vocês viriam comigo?

– Verdade, todo mundo acha que a gente fica o tempo todo juntas – brincou Ellie.

Summer riu. Ela, Jasmine e Ellie viviam em um pequeno vilarejo chamado Valemel e frequentavam a mesma escola. Eram melhores amigas desde pequenas, estavam sempre uma na casa da outra, e até já eram consideradas da família!

Jasmine abriu a geladeira e pegou uma grande jarra de limonada, enquanto Summer pegava três copos e um prato.

– Bom, vamos começar a lição de casa – disse Jasmine, colocando tudo em uma bandeja e subindo a escada. Summer e Ellie foram atrás. – Depois poderemos nos divertir de verdade.

– Ei, a Caixa Mágica está na sua penteadeira! – exclamou Ellie quando elas entraram correndo no quarto de Jasmine, que era bem pequeno, mas a decoração era linda. As paredes eram de um tom rosa-choque, e a cama tinha uma cortina vermelha esvoaçante presa no alto.

– Eu não queria perder nenhuma mensagem do Reino Secreto! – disse Jasmine.

Elas olharam para a linda caixa de madeira. Era coberta por desenhos bem detalhados de fadas e unicórnios, e tinha uma tampa espelhada com pedras verdes em volta. Parecia uma caixa de bijuteria, mas era muito mais do que isso.

– Eu dormi com a caixa debaixo do meu travesseiro da última vez que ela ficou comigo! – Ellie riu.

As meninas haviam encontrado a Caixa Mágica num bazar da escola. Havia aparecido misteriosamente na frente delas, mas pertencia ao rei Felício, o governante do Reino Secreto.

O reino era um mundo mágico que ninguém sabia que existia; ninguém a não ser Jasmine, Summer e Ellie! Era uma ilha linda em formato de meia-lua, onde sereias, unicórnios, fadinhas e elfos viviam felizes juntos.

Mas o reino estava passando por problemas terríveis. A rainha Malícia, a irmã horrenda do rei, estava muito zangada porque o povo do Reino Secreto havia escolhido o rei Felício para ser o líder no lugar dela. Assim, ela lançou seis relâmpagos maléficos no reino para causar todos os tipos de problemas. Summer, Jasmine e Ellie já tinham encontrado dois deles e quebrado os feitiços asquerosos.

– Queria que a gente pudesse partir em uma nova aventura mágica agora – Ellie suspirou.

– Eu também – concordou Jasmine, tirando os livros da mochila e espalhando tudo no tapete. Ela colocou os longos cabelos escuros atrás das orelhas. – Vamos terminar logo com isso – disse, pegando um biscoito de chocolate.

Ellie pegou o livro de Inglês e começou a mastigar a ponta do lápis. Estava olhando pelo quarto, tentando encontrar uma ideia para a história, quando uma coisa chamou sua atenção.

– Acho que a gente não vai fazer a lição de casa, afinal de contas! – exclamou, feliz da vida. – A Caixa Mágica está brilhando!

As meninas se levantaram num salto para olhar. Animadas, elas se reuniram em volta da caixa e ficaram observando, letra por letra, as palavras começarem a se formar no espelho mágico.

– O que será que a rainha Malícia está tramando agora? – perguntou Jasmine, estremecendo só de pensar na rainha horrível e em seus planos maléficos para deixar todos no reino tão infelizes quanto ela.

– Vamos ter que resolver o enigma para descobrir – disse Summer estudando as palavras no espelho. Em seguida, ela começou a ler devagar e em voz alta:

*– Um relâmpago vocês vão encontrar*
*bem acima da terra e do mar.*
*Um lugar branco, fofo e flutuante*
*precisa de ajuda contra o perigo constante!*

Jasmine anotou o enigma antes que as palavras desaparecessem do espelho.

– O que isso significa? – ela perguntou.

Ellie parecia intrigada.

– Um lugar flutuante deve ser uma ilha.

– Vamos olhar o mapa – disse Jasmine. – Pode ser que a gente encontre.

Como se ouvisse as meninas, a Caixa Mágica se abriu e revelou seis compartimentos internos. Apenas dois dos espaços estavam preenchidos: um por um mapa do Reino

Secreto que o rei Felício tinha dado às meninas depois da sua primeira visita, e outro por um chifrinho prateado de unicórnio. Era pequeno, mas tinha um enorme poder. Quem o segurasse conseguia conversar com os animais!

Summer pegou o mapa com muito cuidado e o abriu delicadamente sobre o chão do quarto de Jasmine. As três meninas sentaram-se em volta e, curiosas, abaixaram a cabeça, muito perto umas da outras, para olhar. Havia algumas pequenas ilhas no Recanto das Sereias e algumas outras um pouco mais afastadas da Praia Cintilante. As ilhas se mexiam

no mapa ao sabor do mar turquesa ondulante, que subia e descia, mas nenhuma delas parecia ser branca e nem fofa.

– Não é aqui! – Summer disse, aflita.

– Mas tem que ser! – exclamou Ellie. – Temos que resolver o enigma para podermos ir ao Reino Secreto e encontrar o relâmpago antes que alguma coisa horrível aconteça!

Jasmine se levantou e começou a andar de um lado para outro no meio do quarto, com uma expressão preocupada no rosto.

– Vamos ler o enigma outra vez – Summer sugeriu. – A gente só pode estar deixando escapar alguma coisa. "Um lugar branco, fofo e flutuante." Bom, essas ilhas não são nem brancas nem fofas.

– "Bem acima da terra e do mar..." – Jasmine murmurou para si mesma.

Então ela olhou para o mapa e começou a rir. Summer e Ellie ainda estavam procurando na base do mapa, em cada centímetro do mar. Mas Jasmine se deu conta de uma coisa.

– A gente não tem que procurar no mar! – exclamou. – Tem que procurar no céu!

– Claro! – Ellie acrescentou com um sorriso. – O que é fofo e flutua?

– Uma nuvem! – exclamou Summer.

– E aqui está a Ilha das Nuvens! – Ellie gritou, apontando para uma grande massa de nuvens brancas no topo do mapa. – Deve ser esta aqui. Vamos chamar a Trixi!

As meninas colocaram as mãos na Caixa Mágica e apertaram os dedos sobre as pedras verdes que estavam em cima da tampa de madeira entalhada.

– A resposta é Ilha das Nuvens! – Jasmine sussurrou.

De repente, elas viram um jato de luz seguido por um gritinho. Trixibelle tinha aparecido, mas estava presa na cortina que ficava em cima da cama de Jasmine!

– Fique parada! – Jasmine gritou enquanto a fadinha se contorcia no tecido fininho. Ela estava tentando se soltar, mas só se enrolava mais e mais.

– Estou tentando! – disse Trixi com outro gritinho quando caiu da folha.

Ellie, Jasmine e Summer subiram depressa na cama de Jasmine e desenrolaram Trixi do tecido translúcido. Os dedos habilidosos de Ellie tiraram a cortina do chapéu de flor com todo o cuidado, enquanto Jasmine e Summer ajudavam Trixi a libertar os braços e as pernas.

– Pronto! – disse Ellie, quando soltou o último pedacinho de tecido.

– Ufa! – Trixi suspirou.

Ela pulou de volta na folha e voou numa espiral rápida antes de arrumar a saia e o chapéu de flor que cobria seu cabelo loiro e bagunçado.

– Oi, meninas! – exclamou, chegando perto das meninas para dar um beijinho na ponta do nariz de cada uma. Ela pousou na beira do criado-mudo de Jasmine. – É adorável ver todas vocês de novo. Já descobriram onde está o próximo relâmpago?

– A gente acha que está em um lugar chamado Ilha das Nuvens – Summer respondeu e leu novamente o enigma em voz alta.

Trixi concordou com a cabeça.

– Não temos tempo a perder. Precisamos ir para o reino agora mesmo.

As meninas olharam umas para as outras com entusiasmo. Iriam sair para outra aventura mágica, e desta vez, numa ilha no céu!

# Lá em cima, nas nuvens

Enquanto as meninas observavam, Trixi tocou a Caixa Mágica com o anel e cantarolou um encanto:

*– A rainha má planejou uma guerra.*
*Ajudantes corajosas, voem para salvar nossa terra!*

As palavras apareceram na tampa espelhada, depois subiram ao teto, separaram-se em centelhas brilhosas e se transformaram numa explosão de cores zunindo em volta da cabeça das meninas até formarem um redemoinho. O ar em movimento levantou as amigas do chão e, instantes depois, Ellie, Summer e Jasmine caíram em alguma coisa flexível. Foi o pouso mais fofo da vida delas!

Summer olhou em volta, maravilhada. Parecia que elas estavam em uma enorme cama elástica, mas tudo o que ela conseguia ver ao redor era branco. Hesitante, ela estendeu a mão e tocou a cobertura fofa. Logo, ela entendeu tudo e abriu um sorriso. Estava em cima de uma nuvem!

Summer pulou com alegria. Com saltos cada vez mais altos, ela via que as nuvens onde estavam pareciam grandes degraus. Abaixo, ela podia ver o mar turquesa e a ilha em formato de meia-lua do Reino Secreto.

Summer ouviu um barulho vindo da nuvem logo abaixo da sua e baixou os olhos.

Era Jasmine, pulando no lugar com tanta empolgação que deixou a tiara cair.

– Oops! – Jasmine riu e apanhou a tiara. – Não podemos perder isso aqui.

– Com certeza não – Summer concordou.

As lindas tiaras apareciam num passe de mágica na cabeça das meninas sempre que elas visitavam o Reino Secreto. Serviam para mostrar a todos naquela terra que Jasmine, Summer e Ellie eram Amigas Muito Importantes do rei Felício!

Summer pressionou a tiara com firmeza sobre a cabeça e depois olhou em volta à procura de Ellie. Logo avistou cabelos ruivos de relance na nuvem abaixo de Jasmine. Ellie estava deitada ali, agarrada à superfície de sua nuvem com a maior firmeza possível!

– Minha nossa! – gritou Summer. – Ellie tem medo de altura, e nós estamos muito alto. Como será que a gente consegue descer para ficar com ela?

– A gente pula, claro! – Jasmine respondeu e deu um salto sem medo para a nuvem próxima, e depois, com outro salto, caiu na de Ellie. – Iupiiiii!

Summer respirou fundo e seguiu atrás dela. Ela voou pelo ar e aterrissou ao lado de Ellie sobre a nuvem macia.

Ellie deu um gemido quando sentiu a nuvem balançar.

– Por que a gente sempre chega ao reino pelo alto desse jeito?

– Não se preocupe! – disse Trixi, voando para baixo até chegar às três amigas. – Vocês não podem cair. Essas são nuvens-trampolim! Elas são feitas para a gente conseguir ir de uma nuvem para a outra. É só dar um pulinho e a nuvem vai impulsionar vocês até a nuvem seguinte. Elas balançam bem, igualzinho a trampolins!

– Nuvens-trampolim são incríveis! – disse Jasmine, com um pulo alto que se transformou em uma cambalhota. – Vamos, Ellie. Tente dar pulinhos!

Primeiro Summer ajudou Ellie a ficar em pé. Depois, ela e Jasmine seguraram as mãos da amiga e, juntas, as três começaram a saltar. Não demorou muito e Ellie estava se divertindo tanto que quase esqueceu como estavam alto!

– A Ilha das Nuvens fica ali embaixo – disse Trixi, apontando para uma nuvem bem distante.

As meninas espiaram pela beirada. A Ilha das Nuvens era muito maior do que as pequenas nuvens-trampolim que levavam até ela. Parecia ser mais ou menos do tamanho do vilarejo de Valemel, e lá havia casinhas engraçadas empoleiradas sobre as nuvens.

– Vocês não me pegam! – desafiou Jasmine e, antes que as outras pudessem pará-la, Jasmine tinha saltado para a nuvem seguinte. – É fácil! – ela disse aos risos enquanto Ellie olhava para ela com nervosismo.

– Eu seguro sua mão – Summer ofereceu docemente.

Ellie fechou os olhos e agarrou firme a mão de Summer. Elas pularam no lugar e depois deram um salto para a nuvem seguinte. Era mesmo fácil! E era tão divertido!

Elas foram de uma nuvem-trampolim para a outra, passando por vários pássaros que as observavam com espanto. Os pássaros estavam voando de nuvem em nuvem com envelopes no bico.

– Aqueles são pombos-correio – Trixi explicou. – Eles levam recados do reino para as nuvens.

Não demorou muito e a Ilha das Nuvens ficou a apenas alguns saltos de distância.

– Ei, olhem para aquelas campinas! – exclamou Jasmine. Em cima da nuvem havia campos de flores fofinhas, de um amarelo pálido!

– Elas parecem dentes-de-leão! Não, são como bolinhas de algodão! – exclamou Ellie.

– E elas são exatamente da mesma cor dos patinhos fofos amarelos! – Summer deu uma risadinha.

– São flores fofas – Trixi explicou. – Os climáticos cultivam essas flores para fazer nuvens, mas elas também servem como um excelente campo de aterrissagem – ela acrescentou. A fada entrou voando nas flores e espalhou partículas fofas por toda parte!

Jasmine, Ellie e Summer olharam uma para a outra com um sorriso.

– Três – Jasmine começou.

– Dois – Summer continuou.

– Um! – Ellie exclamou.

– Pular! – as três gritaram e saltaram de mãos dadas da última nuvem-trampolim. Agora tinham chegado à Ilha das Nuvens!

As meninas ficaram deitadas no campo de flores fofas até recuperarem o fôlego.

– Isso aqui é muito melhor do que lição de casa! – riu Ellie, colocando fiapos da flor no cabelo de Jasmine. Esta deu risada e também jogou um pouco da flor macia feito seda na amiga.

– Não se esqueçam do relâmpago da rainha Malícia – Summer lembrou. – Temos que colocar um fim nele antes que ele faça alguma coisa horrível para a Ilha das Nuvens.

Recuperando a seriedade de repente, as meninas tiraram as flores das roupas e caminharam até a beira do campo. Em frente, elas viram um conjunto de casinhas engraçadas, fábricas e uma chaminé alta de tijolos que soprava lindas nuvens brancas.

– As flores fofas são cozidas na fábrica de nuvens até ficarem mais leves que o ar. Depois saem das chaminés em forma de nuvens – Trixi explicou e apontou para uma massa de ar subindo da chaminé. – Olhem, acabaram de fazer uma ali.

Ellie, Summer e Jasmine observaram admiradas uma nuvem fofa se espremer para fora da chaminé e flutuar alto no céu.

– Essa é a coisa mais incrível que eu já vi! – falou Jasmine, boquiaberta.

Bem nessa hora, risadas e mais risadas encheram o ar. As meninas se viraram e encontraram algumas criaturas voando para fora da fábrica, sobre pequenas nuvens negras. Tinham cabelos espetados, dedos finos como gravetos e rosto pontudo.

– Ah, não! – gritou Ellie. – Morceguinhos da Tempestade!

# Problema nos lagos de arco-íris

As três meninas estremeceram vendo os Morceguinhos da Tempestade saírem de dentro da fábrica de nuvens. Eles eram os ajudantes malvados da rainha Malícia, e faziam travessuras aonde quer que fossem!

– Eles devem estar aqui para causar problemas – Jasmine sussurrou para as outras.

– O que vamos fazer? – Summer perguntou com o rosto pálido.

– Vão embora! – Ellie gritou para os Morceguinhos, que voavam em círculos acima da cabeça delas, dando risada.

– Olhem, são aquelas garotas humanas fedorentas – disse um deles, apontando um dedo espetado para elas.

– Isso mesmo, e a gente vai pôr um fim em qualquer confusão que vocês tiverem planejado! – Ellie disse a ele, com as mãos apoiadas na cintura.

– Não desta vez – gargalhou outro Morceguinho. – Esse relâmpago está tão bem escondido que vocês nunca vão encontrá-lo!

Com um riso estridente, os Morceguinhos da Tempestade mergulharam bem em cima das meninas. Ellie se abaixou, mas Summer e Jasmine não foram tão rápidas. Um dos Morceguinhos empurrou Jasmine quando passou voando por ela. A menina aterrissou na nuvem com um baque. Outro Morceguinho pegou a tiara de Summer e tentou tirá-la.

– Ai! – Summer gritou, agarrando a tiara antes que o Morceguinho pudesse roubá-la.

– Deixe a menina em paz! – alguém gritou atrás dela.

Uma garota magra com um vestido fofo vinha correndo na direção delas e balançava os braços para os Morceguinhos da Tempestade. O Morceguinho soltou a tiara de Summer e voou para se juntar aos outros.

– Vejo vocês em breve! – disse ele com um riso perverso, já se afastando com seus companheiros.

– Você está bem? – disse a menina, ajudando Summer a se levantar. Tinha um rosto bonito e sorridente. Usava um avental coberto com pedaços de flores fofas.

– Aqueles Morceguinhos da Tempestade são terríveis! Eles estão sempre roubando nosso algodão-doce.

– Olá! Esta é Lola – disse Trixi, toda feliz, para Ellie, Summer e Jasmine. – Ela é uma climática. São criaturas que vivem na Ilha das Nuvens e cuidam do clima no Reino Secreto. E estas são Ellie, Summer e Jasmine – a fada se virou para Lola e foi apontando para uma menina de cada vez. – Elas são nossas amigas humanas do Outro Reino.

– Obrigada por espantar os Morceguinhos da Tempestade – falou Summer e deu um abraço em Lola, que era da sua altura.

– Não há de quê – respondeu Lola. – É um prazer conhecê-las. Todo mundo no reino anda falando sobre como vocês salvaram a festa de aniversário do rei Felício e os Jogos Dourados.

Ela olhou para as amigas e de repente mostrou uma expressão preocupada.

– Mas o que os Morceguinhos da Tempestade estavam dizendo? Não existe um relâmpago na Ilha das Nuvens, existe?

– Achamos que pode existir – disse Jasmine.

Os grandes olhos de Lola se encheram de lágrimas.

– Não se preocupe – Summer a reconfortou. – Vamos quebrar o feitiço da Malícia e garantir que fique tudo bem na Ilha das Nuvens. Mas precisamos encontrar o relâmpago. Os Morceguinhos disseram que estava muito bem escondido.

– Bom, eu conheço cada cantinho da Ilha das Nuvens – Lola contou a elas. – Vou mostrar o lugar para vocês. Com certeza vamos encontrar o relâmpago!

Lola levou as meninas para a fábrica de nuvens para ver se conseguiam avistar o relâmpago. Quase todo o espaço do lugar era tomado por um grande forno. Havia grupos de climáticos jogando pás cheias de flores fofas dentro dele.

– É daquela chaminé que saem as nuvens prontas – Lola explicou, apontando o grande cano que saía de cima do forno.

As meninas olharam em volta pela fábrica, mas não havia sinal do relâmpago em parte alguma.

– Pelo menos nós já sabemos o que os Morceguinhos da Tempestade estão tramando – disse Lola, segurando uma cesta vazia. – Eles comeram o algodão-doce que seria o almoço de todos!

Todos os climáticos pareciam contrariados, mas Lola logo tentou animá-los.

– Vamos colher um pouco mais de algodão – ela disse. – Afinal, a gente vai ter que ir ver se o relâmpago não está em um dos campos.

Lola foi na frente e conduziu Trixi, Summer, Ellie e Jasmine pelas campinas de flores fofas e algodão-doce. As meninas ficaram felizes de ver minúsculos coelhinhos de nuvens saltando nos campos, mastigando as folhas das flores fofas.

– Eles são tão bonitinhos! – Summer disse com uma voz estridente quando pegou um deles e fez carinho no pelo macio.

Era muito parecido com um coelho de verdade, mas era muito mais macio e fofo, e tão leve quanto uma pena. O coelhinho olhou para ela com olhos castanhos cor de chocolate e mexeu o focinho rosado.

– Acho que até mesmo os coelhos do nosso mundo, o Outro Reino, têm rabinhos que parecem feitos de nuvens – ela disse pensativa.

– Oooh, algodão-doce! – disse Jasmine, olhando para a campina de arbustos de açúcar rosado que se espalhava na frente delas. – Hum!

– Experimente! – disse Lola, com uma risada. – Agora vamos precisar colher um pouco para os climáticos da fábrica de nuvens poderem almoçar, graças àqueles Morceguinhos horríveis.

Jasmine se abaixou e pegou um pouco.

– Algodão-doce é o meu preferido entre todos os doces! – ela disse com um gritinho e colocou um pouco na boca. Era tão macio que derretia na língua. – E esse é o melhor algodão-doce do mundo!

As meninas se puseram a trabalhar enchendo as cestas com algodão-doce para os climáticos da fábrica de nuvens. No caminho, iam mastigando. Quando as cestas ficaram cheias, Ellie também já tinha enchido a barriga!

– Acho que comi demais – ela gemeu e deu o resto do seu algodão-doce para o coelhinho de Summer.

– Acho que vou chamar você de Algodãozinho! – Summer riu.

Algodãozinho foi saltitando atrás das meninas enquanto elas levavam os algodões--doces para a fábrica de nuvens. Ele mexeu o focinho no ar quando elas entraram, como se estivesse se despedindo, e então saiu saltitando para um campo próximo.

Os climáticos cuidavam do clima no reino. Por isso, além da fábrica de nuvens, havia fábricas que criavam gotas de chuva, raios de sol, neblina e neve.

Lola levou Ellie, Jasmine, Summer e Trixi para a oficina de gotas de chuva, onde os climáticos criavam gotas perfeitas peneirando água em pingos do tamanho exato. No alto, havia longos varais com pequenas nuvens cinzentas penduradas.

– Secamos as nuvens antigas de chuva e as reciclamos para formar nuvens macias e fofas – Lola explicou.

Enquanto secavam as nuvens de chuva, a água ia pingando nos climáticos e nas meninas que estavam embaixo. Trixi, Ellie, Summer e Jasmine estavam ficando ensopadas, mas os pingos eram gostosos e quentinhos.

– Não costuma chover dentro dos lugares! – Ellie brincou.

Trixi riu.

– Qualquer coisa é possível no Reino Secreto!

– Eu conheço uma coisa que vocês podem gostar – Lola disse às meninas. – Tem a ver com chuva, mas não é tão molhada!

Lola as levou para fora da oficina de gotas de chuva e depois deu a volta com elas em torno de grandes círculos no chão. Ellie e as outras correram e perderam o fôlego. Cada um era um tanque de cor vívida e brilhante.

– Uau! – disse Ellie, observando as cores. – Nunca vi esses tons antes!

– Estes são lagos de arco-íris – Lola explicou. – Nós os usamos para criar arco-íris no céu.

Maravilhada, Ellie olhou para as cores mágicas.

– Queria que minhas tintas fossem tão lindas quanto estas – ela sussurrou.

As meninas deram uma volta por ali, olhando para os lindos lagos. Summer não conseguia decidir de qual ela gostava mais. Alguns eram vermelho-rubi, outros prata-azulados, e outros ainda possuíam todos os tons de cor-de-rosa. Eram todos muito lindos, exceto um de cor roxa, com estranhos pontos cinzentos.

– Que pena, caiu sujeira nesse aqui – Summer disse tristonha.

Lola correu para olhar.

– Tem alguma coisa que está estragando a cor! – exclamou.

Ela mergulhou o braço dentro do tanque e tirou um pequeno tampão violeta. As meninas ouviram o som de líquido sendo sugado e depois a cor começou a girar e girar para então desaparecer pelo ralo.

Conforme a cor foi descendo, elas viram que havia uma coisa preta e serrilhada presa no fundo do lago.

Era o relâmpago da rainha Malícia!

# Nuvemoto

– Não se preocupe – disse Jasmine ao passar o braço pelos ombros de Lola, que observava triste a piscina de arco-íris. – Vamos encontrar um jeito de nos livrar do relâmpago maléfico da rainha Malícia.

Mas na hora em que disse isso, a nuvem debaixo dos pés delas começou a tremer e a sacudir! Depois, uma rachadura grossa apareceu bem na frente do lago de cor violeta. Ellie, Summer e Jasmine observaram horrorizadas a fenda ficar maior e mais larga.

Trixi voou com a folha para o alto e olhou de um lado para o outro. Havia uma rachadura em ziguezague percorrendo os campos de algodão-doce, os lagos de arco-íris e subindo por todo o caminho até a fábrica de raios de sol.

– A rachadura está cruzando toda a ilha! – ela gritou.

– Aaaaiii! – Ellie deu um berro quando a nuvem sacudiu de novo.

Quando a fenda diante delas começou a se alargar, Ellie se agarrou bem forte às mãos de Jasmine e Summer. Agora dava para enxergar do outro lado. Lá embaixo estava o reino.

– A ilha está se partindo ao meio! – Trixi exclamou de cima.

– Minha nossa! – Lola se alarmou. – Nunca vi um nuvemoto tão forte quanto esse!

Tudo tremeu forte de novo. A rachadura se alargou e partiu a ilha em duas. Para o horror de todo o Reino, as duas metades começaram a se afastar uma da outra no céu!

As meninas olharam em volta alarmadas. Do seu lado da rachadura ficaram os campos de flores fofas e a oficina de gotas de chuva. Do outro lado, com Lola e outros climáticos, estavam a fábrica de nuvens e os lagos de arco-íris. O espaço entre uma parte e outra já estava largo demais para que fosse cruzado com um salto, e a parte de lá da ilha estava se afastando cada vez mais das meninas.

Summer levou um susto. Ali na beirada da outra metade da ilha estava seu coelhinho de nuvens, com as orelhas caídas de tristeza. Ele observava os campos de flores, onde os demais coelhos saltitavam no lugar, todos nervosos.

– Espero que ele não tente saltar o vão para voltar para perto dos amigos – ela disse, preocupada. – Lola! Você pode cuidar do Algodãozinho? – gritou para a climática ouvir da outra nuvem.

– Claro! – Lola gritou de volta. Ela pegou o coelhinho e o colocou dentro do bolso do avental.

– Não se preocupem – Trixi falou quando se aproximou delas voando. – Vou usar minha mágica para juntar a ilha de novo.

Ela voou para o outro lado da fenda, deu uma batidinha no anel e cantarolou:

*– Uso a mágica, pois meu desejo é urgente,*
*Ilha das Nuvens, seja uma só novamente.*

Chuvas de brilho violeta dispararam do anel e pulverizaram o ar entre as duas metades da ilha. Só que nada aconteceu.

– Se o encanto da Trixi não está funcionando, deve ser por causa do terrível relâmpago da rainha Malícia – Ellie disse com tristeza.

Quando os climáticos viram que Trixi não conseguia consertar a ilha, começaram a correr de um lado para o outro, desesperados.

– O que vamos fazer? – um gritou. – Se os campos de flores fofas estão em uma nuvem e a fábrica de nuvens está na outra, não vamos poder fazer mais nenhuma nuvem!

– E sem nuvens não vamos ter chuva nenhuma, e todas as flores e plantas no reino vão morrer! – gritou outro.

– Por favor, não se preocupem! – Summer pediu. – Isso é por causa do relâmpago da rainha Malícia. Mas vamos encontrar uma forma de quebrar esse feitiço e juntar as metades da ilha de novo.

– Isso, a gente vai pensar em alguma coisa – Ellie prometeu. – Não vamos deixar que ela saia dessa numa boa.

– Mas então, o que podemos fazer? – Jasmine sussurrou com desânimo.

Bem nessa hora, um dos pombos-correio, que as meninas tinham visto antes, voou em direção a elas com um envelope no bico.

O pombo atravessou o espaço entre as nuvens batendo as asas até chegar à Trixi. A fadinha pegou o recado e o desdobrou. Para a surpresa das meninas, era uma pequena imagem em movimento do rei Felício!

– É igualzinho ao mapa mágico! – Ellie sussurrou.

O rei parecia preocupado e mais desarrumado que o normal. Sua coroa parecia prestes a cair do cabelo crespo, e os pequenos óculos de meia-lua estavam tortos sobre o nariz.

– Está tudo bem aí em cima, Trixi? – perguntou o rei com uma voz que pareceu pequena e estridente. – Acabamos de saber do nuvemoto!

– Achamos que foi obra de um dos relâmpagos da rainha Malícia, senhor – Trixi disse a ele com tristeza. – Ele partiu a Ilha das Nuvens no meio!

– Minha nossa, minha nossa! – O rei Felício parecia muito aborrecido. – Vou subir aí agora mesmo para ver o que eu posso fazer para ajudar. Posso usar o transportador que eu acabei de inventar.

Trixi franziu a testa preocupada.

– Mas, mas... – ela começou a dizer. Porém, já era tarde demais. O rosto do rei Felício desapareceu do papel antes que ela tivesse a chance de terminar.

– Ah, não – ela gemeu. – Queria que ele tivesse me deixado trazê-lo aqui por mágica! Ele inventou um transportador na semana passada, mas a engenhoca fica dando problemas. Ontem ele tentou se transportar para a banheira e acabou no mar!

De repente, elas viram um clarão, e o rei Felício apareceu bem na pontinha da nuvem!

– Aiiiii! – ele gritou, balançando os braços no ar para se equilibrar.

As meninas correram até ele, mas foi tarde demais. Com um grito de surpresa, o rei Felício caiu pela beirada.

# Uma doce solução

– Não se preocupem, eu vou salvá-lo! – Trixi gritou e deu uma batidinha no anel. As meninas correram para a borda da nuvem e olharam para baixo, mas não conseguiram ver o rei Felício em lugar nenhum.

– Vocês acham que ele está bem? – Summer perguntou, nervosa.

De repente, ouviram uma voz conhecida acima delas.

– Ai, minha nossa!

Elas olharam para cima e encontraram o rei Felício voando no alto, pendurado a um conjunto enorme de balões de cores vívidas!

– Rei Felício! – as meninas gritaram com alívio.

– Solte os balões, rei Felício! – Trixi falou para o alto. – Um de cada vez – acrescentou, mas foi tarde demais. O rei Felício soltou todos os balões de uma só vez e caiu sobre o próprio traseiro com uma pancada que fez a nuvem estremecer.

– É outro nuvemoto! – gritou um climático amedrontado.

– Calma, é só o rei Felício – disse outro.

– Pelos céus, obrigado, Trixibelle – disse o rei Felício enquanto as meninas corriam para ajudá-lo. – Não sei o que eu faria sem vocês!

Quando o rei Felício recuperou o fôlego, Jasmine explicou o que estava acontecendo.

– Isso é terrível, simplesmente terrível – declarou o rei Felício. – Como Malícia poderia fazer algo tão horrível? Temos que pará-la!

Summer torceu as tranças loiras enquanto pensava.

– No Vale dos Unicórnios, o relâmpago estilhaçou quando a gente desfez todos os problemas que ele tinha causado.

– Então, se a gente conseguir juntar os pedaços da ilha de novo, isso deve quebrar o feitiço da rainha Malícia! – Jasmine concordou.

O rei Felício tirou a coroa e coçou a cabeça. Ele deu uma olhada no grande vão entre as duas metades da ilha e sacudiu a cabeça como se não conseguisse acreditar no que seus olhos estavam vendo.

– Mas como podemos fazer isso? – ele murmurou. – Podemos costurá-la? Não, não. Podemos passar cola...

– É isso! – exclamou Summer. – Poderíamos colar uma parte na outra usando nuvens fresquinhas da fábrica de nuvens. Lola! – ela chamou a climática na outra nuvem. – Você acha que dá para grudar a ilha usando nuvens frescas?

Lola sacudiu a cabeça. Sua expressão era tristonha.

– Não podemos fazer nuvens depressa o suficiente para reparar uma abertura tão grande – ela respondeu.

– Se ao menos a gente conseguisse colar as metades com alguma outra coisa enquanto as nuvens estão sendo construídas... – Jasmine suspirou.

– Talvez a gente consiga – disse Ellie, pensando. Então, seus olhos brilharam. – Já sei! Podemos colar com algodão-doce. É leve e fofo igualzinho a uma nuvem!

– E também é grudento! – falou Summer.

– É uma ideia incrível – concordou Jasmine.

– Você acha que funcionaria, Trixi? – Summer perguntou para a fadinha. – Será que algodão-doce é grudento o bastante para consertar a ilha?

– Deve segurar os pedaços por um tempo até que os climáticos façam uma quantidade de nuvens que dê para consertar do jeito certo – Trixi respondeu. – E eu posso lançar um encanto supergrudento para garantir. Mas não sei como podemos trazer a outra metade da nuvem até aqui para juntar uma parte na outra. Não consigo usar minha mágica para mover.

– Tem que existir algum jeito de trazermos a parte separada para cá – murmurou Jasmine.

Ellie olhou em volta pela Ilha das Nuvens em busca de inspiração. Seus olhos então recaíram sobre o pombinho, que ainda estava empoleirado ao lado de Summer.

– Os pombos-correio! – ela exclamou. – Eles podem bater as asas para soprar a metade separada de volta para nós! – ela suspirou. – Se ao menos a gente conseguisse falar com eles e explicar o que precisam fazer…

Com uma nuvem de brilho, a Caixa Mágica apareceu na frente delas.

– É claro! – Summer gritou. – Podemos usar o chifre de unicórnio para falar com eles!

Seu rosto abriu um sorriso largo. Ela pegou o chifre mágico que os unicórnios tinham dado como presente. Era tão pequenininho, do tamanho de um dedo mindinho, mas dava a elas um grande poder. Quando o seguravam, o chifre dava a capacidade de conversar com todos os animais do Reino Secreto! Summer sempre quis entender o que seus amigos animais estavam dizendo, e agora ela finalmente tinha a chance. Entusiasmada, ela

se virou para o pombo branco e pegou o chifre.

– Por favor, você pode nos ajudar? – ela perguntou.

Surpresas, Ellie e Jasmine olharam uma para a outra. O som que elas ouviam era de Summer piando como um pombo!

– Eu? – Summer ouviu o piado do pombo em tom de surpresa. – Bom, sim, se eu conseguir. O que aconteceu?

– Ele me entendeu! Eu consigo conversar com ele! – Summer exclamou, muito feliz. – Um nuvemoto separou a Ilha das Nuvens em duas, e seus amigos podem nos ajudar a unir as partes – ela explicou.

O pombo olhou para o outro lado da ilha.

– O que você quer que a gente faça? – ele quis saber.

– Você poderia reunir seus amigos e pedir para todos baterem as asas ao mesmo tempo e fazer um pouco de vento? – Summer perguntou ao pombo. – Talvez seja forte o bastante para soprar a parte separada da nuvem de volta para nós e então vamos poder grudar a ilha de novo.

– E vamos precisar de muitas asas – o pombo respondeu, levantando voo. – Vou chamar o bando.

– Ele vai chamar os companheiros! – Summer informou a Ellie e Jasmine.

– Obrigada! – Ellie e Jasmine gritaram, Summer piou e o pombo foi embora.

– Acho que vai funcionar bem! – Jasmine disse, animada. – Vamos avisar a Lola.

Elas correram até a borda da nuvem. A outra metade da ilha estava mais longe do que nunca, mas Lola ainda estava a uma distância suficiente para ouvir as meninas contando o plano aos gritos.

– Que inteligente! – Lola respondeu. – Vamos começar a fazer o máximo de nuvens que pudermos e eu vou organizar a colheita de algodão-doce deste lado.

– E eu vou supervisionar aqui! – exclamou o rei Felício. – Adoro algodão-doce. Quero dizer, eu adoro colher algodão-doce!

Trixi sorriu e sussurrou com uma risadinha:

– Ele provavelmente vai comer mais do que colher!

As meninas, o rei Felício e os climáticos saíram às pressas por todo o campo de algodão-doce colhendo braçadas do doce cor-de-rosa e pegajoso, e foram deixando tudo na beirada da nuvem. Embora o rei Felício e Jasmine não pudessem resistir à vontade de mordiscar aquela delícia, ao mesmo tempo em que iam colhendo, eles ainda conseguiram pegar mais do que o suficiente para consertar a ilha.

Trixi voou sobre a pilha de algodão-doce e jogou um encanto para deixá-lo supergrudento, depois voou até a outra metade da ilha para fazer o mesmo lá. Então todos se ajoelharam e começaram a espalhar o algodão cor-de-rosa no contorno da rachadura.

– É uma pena que o algodão-doce não seja branco – disse Jasmine ao colar um pouco mais. – Espero que cor-de-rosa não fique muito estranho.

– Não importa – Trixi lembrou. – É apenas temporário. Só precisa ficar grudado até os climáticos conseguirem fabricar mais nuvens.

– E quando a gente quebrar o relâmpago da rainha Malícia tudo vai voltar ao normal, não vai?! – Summer acrescentou alegremente.

Demorou um pouco, mas logo o lado da rachadura onde as meninas estavam ficou coberto com o doce cor-de-rosa e pegajoso.

– Prontinho! – declarou Ellie.

– Bem na hora! – suspirou Jasmine quando o bando de pássaros chegou voando até elas. – Olhem só quantos pombos!

– Vocês já terminaram aí? – Ellie gritou para o outro lado, mas Lola e os outros climáticos agora estavam longe demais para ouvir.

Trixi voou até eles e voltou alguns minutos depois.

– Eles estão prontos! – ela disse.

– Olá, pombos! – Summer piou, segurando firme o chifre. – Vocês podem, por favor, começar a bater suas asas para juntar as duas metades da ilha?

Os pombos voaram em volta da metade separada e começaram a bater as asas muito depressa. O movimento criou um vento forte e a parte desgarrada começou a se mover aos poucos.

– Está funcionando! – gritou Ellie, pulando no lugar, toda empolgada. – Está chegando perto!

Os climáticos se reuniram dos dois lados, torcendo e fazendo barulho.

– Muito bem! – eles disseram aos pombos. – Continuem assim!

Para cima e para baixo, para cima e para baixo, os pombos bateram as asas o mais rápido que conseguiram.

– Viva! Estão quase conseguindo! – o rei Felício comemorou.

Todos gritavam e acenavam enquanto os pombos aproximavam mais e mais as duas partes.

Só que, quando as metades da ilha estavam quase tocando uma na outra, algo mergulhou vindo do céu. Quatro criaturas de cabelos pontudos e asas que pareciam de morcego desceram com tudo entre o vão da ilha, e interromperam a torcida com gritos estridentes e zombaria.

– Arrá! – um deles gritou. – Os Morceguinhos da Tempestade estão aqui para estragar o seu dia!

# Os Morceguinhos estão de volta

Os Morceguinhos da Tempestade dirigiram suas nuvens negras sobre a fenda que havia na ilha, dando risadas travessas.

– Ah, não! – gritou Ellie. – Eles voltaram para impedir que a gente conserte a Ilha das Nuvens.

– Eles são tão horríveis! – gemeu Summer.

Com gritinhos e gargalhadas, as criaturas começaram a bater as poderosas asas de morcego. A rajada de vento quase derrubou as meninas.

– Eles estão afastando a ilha de novo! – Ellie gritou.

Os pombos também estavam lutando contra o vento e tiveram que se empoleirar nas nuvens para não serem soprados dali.

– Temos que fazer alguma coisa – disse Jasmine, olhando para o grande vão de céu azul entre as duas metades da ilha.

– Tenho uma ideia – disse Summer. Ela correu para a oficina de gotas de chuva e pegou um pouco de algodão-doce. – Hum! – ela disse bem alto. – Este algodão-doce parece muito delicioso! Você quer um pouco, Ellie?

– Acho que não temos tempo... – Ellie parou quando Summer balançou a cabeça indicando os Morceguinhos da Tempestade, que tinham parado de bater as asas e estavam olhando com cara de famintos para o montão de algodão-doce.

– Ah, obrigada, Summer! – ela acrescentou em voz alta e deu uma mordida. – Huuuum, que delícia de algodão-doce! Jasmine, venha aqui comer um pouco!

Os Morceguinhos da Tempestade agora estavam lambendo os beiços. Um deles puxou a asa do outro.

– Elas têm algodão-doce – ele disse com vontade. – A rainha Malícia nunca deixa a gente comer algodão-doce!

– Boa ideia, Summer – sussurrou Ellie.

– Comida também sempre distrai meus irmãos – Summer deu uma risadinha.

– Vamos deixar este grande monte de algodão-doce delicioso aqui, enquanto vamos ali – disse Jasmine, que deu uma piscadinha para Ellie e Summer.

As três meninas saíram andando, e Ellie espiou sobre o ombro. Os morcegos tinham voado depressa para o algodão-doce e estavam enchendo a boca.

Enquanto estavam ocupados comendo, Summer falou com os pombos usando o chifre de unicórnio.

– Rápido! Comecem a empurrar a metade da ilha de novo! – ela piou.

Os pombos circularam o pedaço separado e bateram as asas com todas as suas forças. Devagar, ela começou a flutuar em direção à outra parte da Ilha das Nuvens.

– Eles quase conseguiram – sussurrou Jasmine.

Mas então o líder dos Morceguinhos da Tempestade se virou.

– Fomos enganados! – ele disse com voz estridente e gritou para os outros Morceguinhos: – Não podemos deixar que elas consertem a ilha! Vamos nos meter numa grande encrenca se essas meninas ganharem da gente de novo. A rainha vai nos trancar nos calabouços!

Os Morceguinhos voaram às pressas e direto para o espaço entre as nuvens, mas Ellie, Summer e Jasmine foram mais rápidas. As meninas encheram as mãos de algodão--doce e começaram a jogar nos morcegos!

– Tomem isso! – Ellie gritou e jogou um míssil grudento em um dos Morceguinhos. O algodão o atingiu com um som abafado.

– Ai! – ele reclamou.

As meninas nem ligaram.

– Isso é por vocês serem tão terríveis! – Summer gritou e jogou mais algodão.

– Estou todo coberto desse negócio cor-de--rosa – reclamou um Morceguinho.

– Eu também – outro disse com um gritinho.

Eles tentaram tirar o algodão-doce um do outro, mas suas mãos começaram a grudar!

As meninas, o rei Felício, Trixi e os climáticos riram dos morceguinhos grudentos. Estavam tão engraçados cobertos de gosma cor-de-rosa!

– Batam as asas! – o líder gritou para os outros Morceguinhos de cima de sua nuvem.

As criaturas tentaram fazer um pouco de vento para afastar os pedaços de ilha, mas suas asas estavam tão cobertas de algodão-doce que grudaram uma na outra e não conseguiram se mexer.

– Recuar! – gritou o líder.

Os Morceguinhos da Tempestade pularam em suas nuvens e saíram em disparada rumo ao reino lá embaixo.

– Conseguimos! – Ellie exclamou. As três meninas se abraçaram felizes da vida. Agora que os Morceguinhos da Tempestade estavam fora do caminho, os pombos poderiam unir as metades separadas. Com um solavanco, as partes da Ilha das Nuvens finalmente se juntaram outra vez e ficaram bem presas pelo algodão-doce.

– Viva! – gritaram os climáticos batendo palmas.

Ellie e Jasmine acenaram.

– Obrigada! – elas disseram aos pombos.

– Muito obrigada por nos ajudar – Summer piou para seu amigo pombo.

– O prazer foi meu – respondeu a ave, que acenou com a asa e foi embora com os demais.

Lola e os outros climáticos foram correndo até elas. Lola entregou o coelhinho de nuvem para Summer, e ele se aconchegou de novo a ela, muito contente.

– Que bom que você está em segurança, Algodãozinho – Summer disse a ele enquanto fazia carinho em suas orelhas.

Ela o colocou no chão de nuvens e ele saiu saltitando alegremente para ir ao encontro de seus amigos coelhos. Um deles pulou para perto de Algodãozinho e eles esfregaram o focinho um no outro.

– Agora, vamos consertar essa rachadura de

uma vez por todas – Lola falou com firmeza.
– Rápido. Comecem a fazer o máximo de nuvens que vocês conseguirem – disse para os outros climáticos.

As criaturas mágicas saíram correndo de um lado para o outro, atarefadas, colhendo flores fofas e as colocando para alimentar a fábrica de nuvens.

Summer estava com um braço cheio de flores fofas e estava se abaixando para pegar mais quando uma nuvem muito escura encobriu tudo. Ela olhou para cima e levou um susto.

Havia uma nuvem negra vindo na direção dela, e sobre a nuvem estava uma pessoa horrivelmente conhecida!

Uma mulher magra com cabelos crespos e desgrenhados estava debruçada sobre a borda da nuvem. Ela vestia uma capa preta e uma coroa prateada cheia de pontas. Sua mão segurava um cetro comprido e afiado.

– É a rainha Malícia! – Summer exclamou.

# Chuva, chuva, vá embora

A nuvem da rainha Malícia passou pelas meninas, e elas correram atrás. A nuvem parou bem em cima da fileira de algodão-doce e começou a chover ali.

– Ah, não! – assustou-se Summer quando viu um rastro de água rosada escorrer da rachadura. – Ela está tentando lavar o algodão--doce! Precisa ser grudento, não ensopado!

– Então quer dizer que vocês encontraram mais um dos meus relâmpagos – a rainha Malícia gritou de sua nuvem de tempestade. – Mas vocês não vão destruir esse aqui! Eu vou rachar a Ilha das Nuvens no meio e o Reino Secreto vai se tornar um deserto seco. Meu irmão inútil não vai saber o que fazer e então vocês todos vão implorar para eu governar!

– Isso não vai acontecer! – Jasmine respondeu, olhando firme para a rainha Malícia, debaixo de chuva pesada. – Não vamos deixar você se livrar dessa!

– Garotinha boba – disse a rainha Malícia com uma gargalhada. – Sou muito mais poderosa do que vocês. Vou destruir a Ilha das Nuvens e não há nada que possam fazer quanto a isso!

Ouviu-se um trovão ribombar e um estalar feroz de relâmpago, e ainda mais chuva caiu sobre o algodão-doce rosado que estava segurando as duas partes da Ilha das Nuvens.

– Temos que fazer alguma coisa rápido! – exclamou Ellie.

A rainha Malícia deu risada das pessoas na Ilha das Nuvens, que corriam de um lado para outro freneticamente.

Jasmine olhou ao redor em desespero.

– Precisamos impedir que a água caia sobre o algodão – ela disse às outras. – Trixi, será que sua mágica pode fazer alguma coisa para proteger a emenda da chuva? Um guarda-chuva, um cobertor, alguma coisa?

Trixi apontou o anel e, de repente, um balde listrado flutuou vindo do céu. Jasmine pulou para pegá-lo, e correu para colocá-lo debaixo da nuvem de chuva. Mais e mais baldes apareceram, e Ellie, o rei Felício, Summer e Lola correram para colocá-los sobre a rachadura na tentativa de protegê-la da chuva que caía. Logo havia centenas de baldes de todos os tamanhos e cores para manter o algodão-doce sequinho e no lugar. Gotas de chuva caíam fazendo um barulhão dentro deles. Os baldes começaram a encher.

– Precisamos esvaziar os baldes antes que transbordem! – falou Summer, apontando para um pequeno balde ao seu lado que estava quase totalmente cheio.

Ellie era quem estava mais perto da borda da Ilha das Nuvens. Ela espiou lá embaixo e avistou uma linda floresta de flores altas. Os Morceguinhos da Tempestade estavam sentados no meio de uma das flores gigantescas tirando algodão-doce das asas e discutindo ruidosamente.

– Parece que as flores gigantes estão precisando de água – disse Ellie.

– E um banho iria bem para os Morceguinhos da Tempestade! – Summer riu.

À medida que os baldes se enchiam, Summer, Ellie, Jasmine, o rei Felício e todos os climáticos os esvaziavam pela beirada da ilha.

– O que vocês estão fazendo aí embaixo? – reclamou a rainha Malícia, inclinando-se mais na borda da nuvem de tempestade para observar o esforço deles em esvaziar todos os baldes.

Assim que um balde ficava vazio, eles tinham que voltar e pegar outro cheio.

Os recipientes estavam se enchendo mais rápido do que eles davam conta de esvaziar!

– Vocês não vão conseguir continuar fazendo isso para sempre! – a rainha Malícia gritou com raiva, rindo de Jasmine, que tentava se equilibrar com o balde pesado nas mãos.

– Minha nossa – disse o rei Felício, carregando um balde para a borda da Ilha das Nuvens. – Meus braços estão ficando muito cansados!

– Temos que continuar – disse Lola, correndo para ajudá-lo a esvaziar o balde pela beirada da nuvem. – Se o algodão-doce ficar mais molhado que isso, a nuvem vai se separar de novo e a rainha Malícia vai vencer.

Bem nessa hora, Jasmine deu uma olhada na nuvem da rainha Malícia e notou uma coisa: ela estava se movendo para o alto.

– Olhem! – gritou Jasmine.

As meninas observaram a nuvem, que estava subindo mais e mais alto. A rainha Malícia então apareceu na beirada.

– Parem de me empurrar para o alto! – ela guinchou.

– Não somos nós! – Jasmine gritou para ela. – Sua nuvem ficou muito mais leve sem toda aquela chuva, por isso ela está flutuando e subindo!

Conforme a nuvem de tempestade flutuava, a chuva foi diminuindo até se tornar uma garoa e depois parou.

– Nããããão! – lamentou a rainha Malícia lá do alto.

– A nuvem ficou pronta! – disse um climático da fábrica de nuvens.

– Rápido, esvaziem o resto dos baldes – Lola pediu.

As meninas correram para derramar a água nas flores lá embaixo. Jasmine estava indo tão depressa que soltou seu balde por acidente, e ele caiu pela beirada com água e tudo.

– Oops! – ela disse e espiou na borda. O balde caiu virado para baixo na cabeça de um dos Morceguinhos da Tempestade!

– Quem apagou as luzes? – ele disse com uma voz estridente, esticando o braço e empurrando acidentalmente outro Morceguinho, que acabou caindo da flor direto em uma poça de lama no chão.

– Belo chapéu – Ellie disse.

– Pelo menos isso lavou o algodão-doce que estava grudado neles! – Jasmine riu.

Agora que tinham esvaziado a água da chuva, as meninas foram ajudar os climáticos que estavam trazendo cestas e mais cestas de nuvens novas para a rachadura. Todos ajudaram a espalhar nuvem sobre o vão para que não aparecesse nem um pouco do algodão-doce. Logo não daria para ver onde estava a emenda.

De repente, todos ouviram um estalo alto. Ellie olhou para o tanque de cor violeta bem a tempo de ver um relâmpago preto muito feio se estilhaçar em centenas de pedaços.

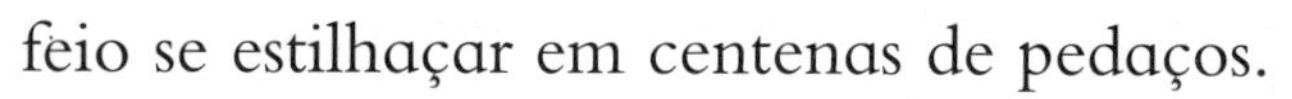

– Quebramos o feitiço! – ela disse com alegria.

E então uma voz estridente veio de muito alto.

– Nããããão! – gritou a rainha Malícia. – Meu lindo relâmpago!

Sua nuvem estava tão alto que agora mal dava para enxergar, mas as meninas ainda conseguiam ouvir a voz da rainha Malícia gritar com raiva:

– Ainda existem mais três relâmpagos meus no reino e vocês nunca vão encontrá-los! Vou fazer de tudo para deixar todo mundo triste! Vou fazer as fadas chorarem! Vou estragar a diversão das sereias! Não vou ser derrotada...

A voz da rainha Malícia finalmente desapareceu com a distância. Ela e sua nuvem sinistra se foram.

– Ela é tão má! – falou Summer, tremendo um pouco. A menina não conseguia deixar de sentir um pouco de medo da rainha Malícia. Ela era terrível. Não dava para saber o que ela poderia fazer em seguida, muito menos quando apareceria.

Lola veio até elas com um sorriso de felicidade.

– Graças a vocês, a Ilha das Nuvens voltou a ser uma só!

– Viva! – comemoraram as meninas.

– Acho que isso significa que é hora de irmos para casa – Ellie suspirou.

– Ah. Mas vocês vão voltar para nos visitar de

novo, não vão? – Lola perguntou quando todos os climáticos se reuniram para se despedir das meninas. – Nunca teríamos consertado a Ilha das Nuvens sem vocês.

– A gente adoraria – respondeu Jasmine.

– Acho que Algodãozinho também está se despedindo de nós – Summer falou quando viu o coelhinho de nuvem saltitar na sua frente. Ela o pegou e acariciou as orelhinhas dele, tentando não se sentir triste.

Todas as meninas deram um abraço no coelho, e então Summer o entregou à Lola.

– Quando estiverem na casa de vocês, no Outro Reino, olhem para cima e verão formas de animais nas nuvens. Assim vocês vão saber que estamos pensando em vocês.

– Tenho certeza de que vocês vão voltar em breve – Trixi disse com tristeza. – Sabemos que a rainha Malícia escondeu seis relâmpagos e até agora só encontramos três.

– Esperem um segundo! – gritou Lola. – Não podemos deixar vocês irem embora sem lhes dar um presente de agradecimento.

Ela segurava uma linda pedra preciosa cintilante.

– Este é um cristal do clima – disse e o entregou à Jasmine. – Ele dá a vocês o poder de mudar o clima por um tempinho.

Jasmine pegou o cristal reluzente. Tinha um brilho dourado e cintilava na luz do sol.

– Concentrem-se no clima que vocês querem – Lola disse a elas.

Jasmine olhou para o cristal e pensou bastante. De repente, a luz de um sol glorioso preencheu o céu!

– Ah, obrigada! – disse Jasmine, segurando o cristal para Summer e Ellie verem.

– Muito obrigada – Ellie agradeceu à Lola.

– É tão lindo! – acrescentou Summer, rindo e dançando entre os raios de sol.

– Prontas para voltar, meninas? – perguntou Trixi.

– Prontas – elas disseram e se deram as mãos, esperando que o redemoinho as levasse de volta para casa.

Trixi disse o encanto mágico e tocou o anel. Estrelas prateadas cintilaram ao redor delas e o redemoinho começou a se formar. Aos poucos, ele foi ficando maior e maior, levantou-as do chão e as carregou com ele. Depois houve um clarão e elas estavam de volta ao quarto de Jasmine.

Ellie olhou no relógio, mas o tempo não havia passado. De alguma forma, o tempo sempre ficava parado quando elas iam para o Reino Secreto.

– É melhor a gente guardar bem esses presentes mágicos – disse Summer.

Ela pegou o chifre de unicórnio do bolso e foi até a Caixa Mágica. O espelho começou a brilhar, e a tampa se abriu num passe de mágica. Summer colocou o chifre em um dos compartimentos, próximo ao mapa mágico. Jasmine segurou o cristal do clima, e todas o observaram mais uma vez antes que ela o guardasse cuidadosamente dentro da Caixa Mágica. Três dos pequenos compartimentos

de madeira agora estavam ocupados, e Jasmine mal podia imaginar que aventuras maravilhosas elas ainda teriam antes que a caixinha fosse preenchida.

– Acho que é melhor a gente começar com aquela lição de casa – Ellie suspirou.

– É isso! – Summer exclamou. – Já sei sobre o que você pode escrever na sua história: a Ilha das Nuvens e os climáticos!

– Ninguém acreditaria em mim – disse Ellie.

– Bom, pelo menos nós sabemos que é verdade! – Jasmine riu.

Ellie sorriu e abriu o livro alegremente. Mal podia esperar para descrever todas as coisas mágicas que tinha visto na Ilha das Nuvens, e imaginar todas as coisas maravilhosas que elas fariam na próxima visita ao Reino Secreto!

Na próxima aventura no Reino Secreto,
Ellie, Summer e Jasmine vão visitar

# O Recanto das Sereias!

Leia um trecho...

# Uma mensagem na escola

– Estou morrendo de fome! – exclamou Jasmine Smith quando se juntou às amigas Ellie Macdonald e Summer Hammond, que estavam na mesa de sempre, na agitada cantina da escola.

– Onde você estava? Guardamos um lugar para você – Summer sorriu.

– Deixei minha tiara na classe – Jasmine respondeu. Na escola, todos tinham que usar o mesmo suéter azul-marinho, camisa branca e uma calça ou saia cinza e sem graça, mas isso não impedia Jasmine de tentar personalizar um pouco seu uniforme. Ela costumava usar tiaras coloridas ou uma presilha bonita nos longos cabelos escuros. Naquele dia, ela estava usando uma tiara rosa-choque que combinava com sua mochila.

Assim que Jasmine tirou a lancheira de dentro da mochila, ela percebeu outra coisa. Bem lá no fundo, havia um brilho cintilante que ela já conhecia...

– A Caixa Mágica! – sussurrou ela.

– O quê? – Ellie perguntou surpresa, quase derrubando seu suco, de tão ansiosa. Afinal, a Caixa Mágica nunca tinha enviado mensagem na escola!

O objeto era igualzinho a uma bela caixa de joias de madeira. Tinha uma tampa curvada com um espelho no meio, envolto por seis lindas pedras preciosas reluzentes. As laterais eram cobertas por entalhes de fadas e outras criaturas mágicas. As três amigas se revezavam para cuidar dela; mas, na realidade, a caixa pertencia ao rei Felício, o governante de um lugar maravilhoso chamado Reino Secreto.

O reino era uma terra mágica cheia de unicórnios, sereias, fadas e elfos, mas tinha um problema terrível. Quando o rei Felício foi escolhido pelos súditos para governar, sua irmã maldosa, a rainha Malícia, ficou tão zangada que lançou seis relâmpagos enfeitiçados nos mais belos lugares do reino, para arruinar tudo e deixar todo mundo tão infeliz quanto ela.

O rei Felício tinha enviado a Caixa Mágica para encontrar as únicas pessoas que poderiam ajudá-lo a salvar o reino: Jasmine, Summer e Ellie! As meninas já tinham ajudado o rei e sua fadinha assistente, Trixibelle, a destruir três dos relâmpagos horríveis. Agora parecia que ele precisava das amigas para encontrar mais um.

– Vamos ter que terminar o almoço na volta – disse Ellie, enquanto elas corriam para o banheiro das meninas. O tempo sempre ficava congelado quando as garotas estavam no Reino Secreto, por isso ninguém perceberia se Jasmine, Summer e Ellie sumissem. Mesmo assim, as pessoas poderiam notar se, de repente, elas desaparecessem no meio do refeitório!

As amigas fecharam a porta de um cubículo no banheiro e se amontoaram ao redor da caixa.

– O enigma está aparecendo! – Summer sussurrou.

Elas observaram ávidas as palavras que estavam se formando no espelho da tampa:

*Outro relâmpago está perto,*
*bem lá no fundo do mar aberto.*
*Procurem no leito de águas claras,*
*onde mais do que peixes dão as caras!*

Ellie leu a rima devagar.

– O que vocês acham que significa?

Jasmine enrugou a testa.

– Bom, o fundo do mar é chamado de leito...

De repente, a Caixa Mágica brilhou de novo e a tampa se abriu com um encanto para revelar os seis pequenos compartimentos internos de madeira. Três dos espaços já estavam preenchidos por lindos presentes que elas tinham recebido do povo do Reino Secreto. Havia um mapa mágico que se movia e mostrava todos os lugares do reino; um minúsculo chifre prateado de unicórnio,

que lhes permitia conversar com animais; e um cristal cintilante com o poder de mudar o clima.

– Talvez o mapa nos dê alguma pista – disse Jasmine. Ela o tirou da Caixa Mágica com cuidado e o abriu alisando as dobras. Mostrava uma visão aérea do Reino Secreto inteiro, como se as meninas o enxergassem de um lugar muito alto.

– Olhem – disse Jasmine, apontando para o mar turquesa. As ondas quebravam na costa delicadamente, os peixes coloridos brincavam na água, e uma linda menina penteava o cabelo, sentada em uma rocha.

Enquanto Ellie, Summer e Jasmine observavam, ela saltou da rocha e mergulhou na água límpida. Jasmine ficou surpresa, pois em vez de pernas a menina tinha uma cauda cintilante!

– Vocês viram? É uma sereia! – exclamou Jasmine para as amigas, que confirmaram balançando a cabeça com entusiasmo.

Summer arregalou os olhos.

– Deve ser isso! "Onde mais do que peixes dão as caras!" Temos que ajudar as sereias!

Elas se inclinaram sobre o mapa novamente e observaram a sereia nadar em direção ao ponto que indicava uma cidade submarina. Ellie segurou o mapa e leu o nome.

– "Recanto das Sereias". Deve ser para onde vamos.

Jasmine e Summer concordaram, e as três meninas logo colocaram a ponta dos dedos nas pedras preciosas da Caixa Mágica.

Summer sorriu para as outras e disse a resposta do enigma em voz alta:

– Recanto das Sereias.

As pedras verdes cintilaram e uma luz começou a sair do espelho, lançando desenhos dançantes nas paredes. Então as amigas viram um lampejo dourado e Trixi apareceu, girando no ar como uma bailarina! Seu cabelo loiro estava mais bagunçado do que nunca, mas ela mostrava um grande sorriso, e seus olhos azuis faiscavam enquanto ela se equilibrava na folha.

– Oi, Trixi! – Ellie gritou de alegria enquanto a fada graciosa pairava no ar, bem na frente delas.

– Olá! – respondeu Trixi, sorrindo. – Minha nossa, onde estamos?

– Estamos na escola – Jasmine respondeu.

Trixi voou com sua folhinha pelo espaço da cabine no banheiro e disse:

– Ah! Não é assim que eu imaginava uma escola no Outro Reino. Onde vocês se sentam?

As meninas deram risadinhas.

– Não estamos na sala de aula – Summer explicou. – Este é apenas o banheiro. A gente precisava ter certeza de que ninguém nos veria quando fôssemos levadas para o Reino Secreto.

– Claro, como sou boba! – Trixi sorriu, mas depois seu rosto assumiu uma expressão preocupada. – Vocês sabem onde está o próximo relâmpago da rainha Malícia?

– Achamos que sim. Parece que está em um lugar chamado Recanto das Sereias – Ellie respondeu.

– Então precisamos ir agora mesmo! As sereias vão precisar da nossa ajuda – exclamou Trixi.

– Nós vamos mesmo conhecer as sereias! – Summer deu um gritinho e pulou animada.

Trixi riu, deu uma batidinha no anel e cantarolou:

*– A rainha má planejou uma guerra.*
*Ajudantes corajosas, voem para salvar nossa terra!*

Assim que Trixi falou essas palavras, um redemoinho mágico envolveu as meninas e girou ao redor delas.

– Iupiii! Estamos de partida para outra aventura! – gritou Summer quando o vento jogou seus cabelos loiros e compridos no rosto.

Segundos depois, o redemoinho as deixou sobre uma pedra verde e lisa no meio do mar turquesa. As meninas ficaram encantadas por usar as tiaras cintilantes mais uma vez, embora ainda estivessem com o uniforme da escola.

Jasmine olhou em volta com surpresa.

– Achei que a gente ia para baixo d'água, não ia? – ela perguntou à Trixi.

– E nós vamos! – disse a fadinha, sorrindo ao aterrissar sobre a rocha ao lado das meninas.

De repente, a pedra abaixo delas começou a tremer.

– O que está acontecendo? – perguntou Ellie com um gritinho.

Nervosas, as meninas observaram a água se agitar na frente delas, formando espuma, até que alguma coisa grande e escura surgiu das profundezas.

De repente, uma cabeça verde enorme saiu da água. Ellie e Jasmine levaram um susto e fecharam bem os olhos, mas Summer deu um grande sorriso.

– Olhem! – ela exclamou, apontando para a criatura, que piscou os olhos castanhos reluzentes para as meninas e abriu um sorriso preguiçoso. – Não estamos em cima de uma pedra... estamos nas costas de uma tartaruga marinha gigante!

– Pegar carona com uma tartaruga amiga é o único jeito de chegarmos ao Recanto das Sereias – Trixi explicou e piscou para as meninas.

A fadinha deu uma batidinha no anel, e dele saiu um jato de bolhas roxas, que voaram ao redor da cabeça das meninas e depois explodiram com uma chuva de glitter roxo.

– Segurem firme! – exclamou Trixi, apontando para o topo do casco do animal, onde havia uma saliência na qual elas podiam se agarrar. – Um... dois...

– Trixi, espere! – alarmou-se Jasmine. – Não podemos respirar embaixo d'água!

Mas era tarde demais.

– Três! – exclamou Trixi, tocando o anel mais uma vez. Com um solavanco, a enorme tartaruga mergulhou fundo no oceano.

Leia

# O Recanto das Sereias

para descobrir o que acontece depois!

Perfil
Jasmine Smith

Família:
Jasmine vive com a mãe e com a avó.
Cor favorita:
Cor-de-rosa.
Adora:
Cantar, dançar e ser o centro das atenções!
Lugar favorito no Reino Secreto:
Os escorregadores de gelo da Montanha Mágica. Iupiii!
Personalidade:
Engraçada e extrovertida. Se houver algum problema, Jasmine vai aparecer para resolver tudo!

# Lugares favoritos

Da Ilha das Nuvens, Jasmine, Ellie e Summer conseguem enxergar todo o Reino Secreto. Lá embaixo, existem todos os tipos de lugares mágicos. Mas que lugar no Reino Secreto você visitaria? Faça o teste para descobrir!

**Você prefere...**
A – Ir a uma linda praia.
B – Deslizar por escorregadores de gelo.
C – Ficar debaixo d'água.

**Que tipo de criaturas do Reino Secreto você gostaria de conhecer?**
A – Fadas.
B – Duendes de neve.
C – Sereias.

**Qual clima você prefere?**
A – Ensolarado.
B – Frio com um monte de neve cor-de-rosa.
C – Úmido.

**Qual é a sua atividade favorita?**
A – Construir castelos de areia.
B – Esquiar no gelo.
C – Cantar na frente de uma plateia.

**Que presente você mais gostaria de receber?**
A – Uma linda guirlanda.
B – Um par de luvas quentinhas.
C – Um belo colar de pérolas.

**Mais letras A:**
**Praia Cintilante**

Você deveria ir à Praia Cintilante, onde pode nadar no mar turquesa, deitar na areia dourada e visitar todas as lindas lojinhas de fadas. Divirta-se!

**Mais letras B:**
**Montanha Mágica**

Você deveria ir à Montanha Mágica, onde os duendes da neve se divertem muito na neve. Você pode deslizar em enormes escorregadores de gelo. Não esqueça suas roupas de frio!

**Mais letras C:**
**Recanto das Sereias**

Você deveria ir ao Recanto das Sereias e nadar com Lady Serena e as sereias na Cidade Coral. Se você tiver sorte, elas podem até cantar para você!

# O Reino Secreto